沈黙の重み

アルメイダ・フェルナンデス

米国
2024年

インプリント

本のタイトル: 沈黙の重み
著者: アルメイダ フェルナンデス

著者: アルメイダ フェルナンデス
連絡先: boxingboy898337@gmail.com

コンテンツ

絶対音感

「こっちだよ！」彼女は丘の上からノーバートに声を
かけた。　「理想的な場所を見つけました。静かで人
里離れた、気を散らすものからすべて離れた場所で
す。」

ノルバートは忠実な仲間のように、素早く決意を持っ
て熱心に丘を登っていきました。頂上に着くと、彼は
少しの間立ち止まり、呼吸を整えてから、素早くカメラ
をセットアップした。ファインダーを覗いて角度や
照明の最終チェックをした。

「完璧ですね」と彼は装備を調整しながら言った。　"
準備はできたか？アクション！"

「やあ皆さん、私のチャンネルへようこそ！」アンジェ
リカはカメラに向かって笑顔を見せ、そのエネルギー
が伝染した。「体重を減らして体を変えたいと思って
いるなら、ここは正しい場所です！そして一番いいと
ころは？薬も、汗をかくトレーニングも、豪華な器具
も一切必要ありません。さらに、好きなだけキャン
ディーを楽しむことができます。そう、あなたは私の
言うことを正しく聞いてくれました。キャンディ、何の
罪悪感もありません。保証された結果。うますぎるよう
ですが、本当ですか？まあ、そうではありません！

彼女はノーバートをちらりと見て、より良いショットを
撮るためにもっと近づくように彼に合図した。カメラが
アンジェリカにズームインすると、彼女の栄光のすべ
てが捉えられました。体にぴったりとフィットした衣装
が彼女の完璧な彫刻を施した姿を抱き、カメラは彼
女の輝く顔へとパンしました。彼女の完璧な肌、肩に

流れる光沢のある黒髪、そして眩しい笑顔がフレームを照らしました。しかし、最も注目を集めたのは、深く魅惑的な青色の彼女の目でした。アンジェリカは続けて、「もしあなたが私と同じようにスリムで美しく、健康的に見えたいなら、19.95ドルを支払うだけで、その目標を達成するための詳細なステップバイステップのガイドをお送りします。」同じ結果です。待ってはいけません、今すぐ行動してください！」

ノーバートさんはまだカメラの後ろにいたまま、彼女に親指を立てて、すべてが順調に進んでいることを合図した。

「うわー！」アンジェリカは興奮して飛び上がり、勝ち誇ったように拳を突き上げて叫んだ。「このビデオをアップロードするのが待ちきれません!きっとヒットするよ！」

しかし、ノーバートは混乱して頭をかきむしった。「本当に素晴らしかったです。でも、全体のコンセプトについては、まだ少し混乱していると言わざるを得ません。」

アンジェリカは何気なく手を軽く振り、彼の懸念を振り払い、自信に満ちた笑みを顔に広げた。「信じてください、ノーバート、きっとわかりますよ。一度世に出てしまえば、すべてが意味を持つようになるでしょう。」

予期せぬ同盟

趣のあるピンカートンの町に暖かい春の訪れが訪れ、容赦なく厳しい冬の数ヶ月の後に誰もが待ち望んでいたリフレッシュの感覚をもたらしました。長い間、霜に覆われて静かだった街は、今では活気と色彩に満ち溢れているように見えました。子どもたちは再び外で遊び、通りは挨拶を交わす近所の人たちの喧騒で満たされ、咲いた花の香りが空気に漂い、何か月も町を虜にしていた冷たくて無菌的な雰囲気に代わった。

ピンカートンは伝統が息づく町で、生活のリズムは学校、大学、教会といった慣れ親しんだ日課を中心に回っていました。勤勉、家族、信仰の価値観が高く評価され、若者に対する期待は明確かつ揺るぎませんでした。両親は、子供たちが良い人格を持って成長し、定期的に教会に通い、大学に通い、最終的には落ち着いて平和で立派な生活を送れるよう、たゆまぬ努力をしました。ほとんどの場合、町民は率直で予測可能な生活に満足していました。

この小さく保守的な町に、アンジェリカは新鮮な空気を吹き込んでいた。両親の一人っ子である彼女は、幼い頃から溺愛されてきた。彼らは彼女を心から愛しており、彼女の将来に大きな期待を抱いていることは明らかでした。アンジェリカの両親は、アンジェリカにピンカートンの他の多くの人が歩んだ道、つまり伝統に基づいた質素な生活を送ることを望んでいたが、彼女にはそれ以上のものも望んでいた。彼女は彼らにとって誇りであり喜びであり、偉大になる運命にあるように見える明るく美しい娘でした。彼らはあらゆる場面で彼女を甘やかし、最新のファッションから最高の道具まで、彼女が望むものは何でも与え、彼女が心に決めたことは何でも励ましました。

アンジェリカは幼い頃から自分の驚くべき美しさをよく知っていました。彼女の顔立ちは完璧でしたが、彼女を本当に際立たせていたのは、その深くて魅惑的な青い目です。彼女の視線は誰もを一瞬にして魅了し、魅惑的であると同時に不安を解消するような強烈さで人々を引き込みます。彼女の目は多くを語り、言葉を使わずに感情や欲望を物語ると言われていました。彼女は自分の外見の力を理解しており、それを有利に活用する方法を早い段階で学びました。

アンジェリカは成長するにつれて才能を磨きましたが、その中でも際立っていたスキルが 1 つありました。それは、彼女の販売能力でした。彼女は、自分には生まれつきの説得の才能があり、人々に自分と自分の考えを信じさせるコツがあることに気づきました。この才能はソーシャル メディアの世界で完璧なはけ口を見つけ、すぐにアンジェリカは自分のYouTube チャンネルを立ち上げました。このチャンネルは当初、美容とライフスタイルに焦点を当てていましたが、すぐに成功を収めました。化粧品メーカーは彼女の影響力の増大に注目し、レビューのために彼女の製品を送り始めました。アンジェリカの正直な意見は、彼女の味覚と判断力を信頼する無数の視聴者によって求められました。彼女のレビューは製品を成功させることも失敗させることもあり、購読者は彼女のアドバイスを購入決定の指針として頼りにしていました。

アンジェリカは、美容製品の販売やスポンサー付きコンテンツからコミッションを獲得するなど、オンラインでの存在感の拡大に伴う金銭的報酬を享受していましたが、さらに大きな夢を持っていました。彼女は単に査読者であることに満足していませんでした。アンジェリカはもっと大きなものを望んでいた。彼女は、ピンカートンの枠をはるかに超えて、自分自身の帝国を築き、金持ちになるだけでなく、有名な地位にまで押し上げることを思い描いていました。彼女の計画は野心的でしたが、アンジェリカの決意は固かったです。彼女は、自分の魅力、機知、そして説得力があれば、それを実現できると知っていました。そして最も重要なことは、彼女はノーバートが彼女のビジョンの実現を助けてくれるだろうということを知っていました。

ノーバートは、アンジェリカの壮大な計画においてはあまり考えられない同盟者でしたが、彼女に完全に魅了されました。彼はこれまでの25年間で、初めて彼女を見たときに押し寄せた感情のようなものを経験したことがなかった。ノーバートはどの定義から見てもオタクで、内向的で本好きなタイプで、人間よりも数字や理論に慣れていました。彼の服装はしばしば不釣り合いで、分厚い眼鏡のせいで彼はさらに社会的に不器用に見え、彼の全体的な態度は反社会的なものに傾いていました。彼の知性は否定できませんでしたが、女の子のことは彼の頭から最も遠い存在でした。彼は人間と付き合うよりも本と付き合うことを好みました。

それは、ビジネス分析のクラスで初めてアンジェリカに会った日までのことだった。彼女を一目見ただけで、すべてが変わりました。彼女には、彼の存在感、自信、驚くべき美しさなど、彼の心臓を高鳴らせ、頭が真っ白になる何かがあった。いつもは内気な性格にもかかわらず、彼は彼女に惹かれずにはいられませんでした。しかし、ノーバートは自分と同じように社交的に不器用で、彼女に近づく勇気を振り絞るのに苦労した。そこで彼は次善の策を講じました。彼女が自分に気づいてくれることを期待して、彼女の近くの席に座りました。

いつも自信家で社交的だったアンジェリカが助けを必要としていることに気づくまで、時間はかかりませんでした。彼女は特に難しい宿題に苦労しており、めったにない弱さの瞬間にノーバートに助けを求めました。これが彼らのパートナーシップの始まりとなりました。アンジェリカは助けを求めることをためらわなかったし、ノーバートも彼女の役に立ちたいと喜んで応じた。彼らが研究パートナーになるまでにそれほど時間はかかりませんでしたが、ノーバートは驚いたことに、彼女と一緒に過ごす時間がますます増えていることに気づきました。

ぎこちなさにもかかわらず、アンジェリカはノーバートを好きになった。他の多くの男たちが決まり文句や口説き文句で彼女を攻撃する中、ノーバートの誠実さと控えめな性格が彼を際立たせた。アンジェリカは、彼が偽りの虚勢やお世辞で彼女を感動させようとしていなかったことに感謝した。彼はすがすがしいほど正直だったが、彼女の前では言葉を手探りしてしまうことがよくあった。彼の神経質さ、奇妙な行動、そのどれもが彼女を悩ませなかった。実際、彼女はそれを愛おしく感じました。ノルバートは、任務を手伝うためでも、用事をこなすためでも、彼女が彼を必要とするときはいつでもそばにいた。彼女は彼の静かで安定した存在に慰めを感じた。

しかし、ノーバートにとって、アンジェリカのそばにいるのは絶え間ない闘いだった。彼女がその鋭い青い目で彼を見るたびに、彼は口ごもる愚か者になった。彼は自分の感情を隠し、平静を保つために最善を尽くしましたが、それは不可能でした。彼は彼女に近づくほど、感情を抑えることが難しくなった。彼女に対する彼の魅力は圧倒的で、彼女の前では口が閉まったり、不器用な態度をとったりすることがよくありました。

しかし、緊張にもかかわらず、アンジェリカはまったく気にしていないようでした。彼女は、ノーバートが自分の人生に出入りする他の男たちとは違うことを知っていました。彼の誠実な性格、進んで助けようとする気持ち、そして彼女に対する静かな賞賛は、彼を特別なものにする特質でした。アンジェリカは彼の感情を決して利用しませんでした。その代わりに、彼女は彼の忠誠心を大切にした。結局のところ、彼女はメンテナンスが大変な人だったので、ノーバートのような人が彼女の言いなりになるのは信じられないほど便利でした。彼女は、学問上の援助から、成長を続ける YouTube チャンネルの後方支援まで、さまざまな面で彼に頼ることができました。彼はいつもそこにいて、彼女が求めることは何でも喜んで応じてくれました。

春の日が深まるにつれ、アンジェリカの野心はさらに大胆になっていきました。彼女は何時間もかけて自分のビジネスのアイデアをブレーンストーミングし、ソーシャル メディアでの存在感をどのように活用して新しい事業を立ち上げるかを計画しました。ノーバートはいつも忠実な友人で、彼女の考えに熱心に耳を傾け、必要なときはいつでも自分の考えやアドバイスを提供してくれました。彼はあまりスムーズに話す人ではなかったかもしれませんが、彼の知性は計り知れないほど貴重で、アンジェリカは自分のビジョンを実現するために彼を頼りにできると確信していました。

彼らは一緒に、最終的に二人の人生を変えることになるプロジェクトの基礎を築き始めました。野心的で手入れに気を使う美人女王と、社交的に不器用な知識人という、ありそうもないパートナーシップだったが、うまくいった。アンジェリカには世界の注目を集める意欲、魅力、美しさがあり、一方ノーバートには彼女の成功を助ける頭脳、組織力、戦略的思考があった。お互いを完璧に補完し合い、一緒に仕事を続けるうちに絆が深まっていきました。

アンジェリカの計画や夢を緊張しながら手助けしていたノーバートは、自分が二人の想像をはるかに超える大きな何かの重要な一部になりつつあるとは、ほとんど知りませんでした。未来は不確実でしたが、一つだけ明らかだったのは、彼らは一緒に、ピンカートンの静かな町をはるかに超えた旅に出ようとしていたということです。

決してなかった瞬間

ノーバートはカメラ機材を慎重に梱包し、それぞれのアイテムが正確かつ注意深く配置されており、これは彼の几帳面な性格の賜物です。彼は午後中ずっとアンジェリカの撮影に費やし、今後の美容レビューに必要な映像を撮影していた。装備を整理しながら心臓が高鳴った。その日は、興奮と恐怖の両方で満たされていた。彼は、いとも簡単に緊張させてくれる人の前で、平静を保つために最善を尽くしていた。

アンジェリカはいつもの優雅さで、荷物を集めながら彼に微笑んだ。今日の彼女はいつもより少しふざけて、彼を軽くからかいながらも、助けてくれそうな彼の気持ちを最大限に利用していた。彼女はバッグを調整しながら、彼に暖かさと不快感の両方を同時に感じさせる視線を向けた。彼女は彼を世界でただ一人の人間であると感じさせる方法を持っていましたが、それによって彼はしばしば言葉を失いました。

「ああ、それからビデオファイルをアップロードして送ってもらえますか？」彼女は優しく優しい声で、いつものように目を輝かせて尋ねた。

ノーバートはすぐにうなずき、携帯電話をいじっていると突然手がベタベタになりました。　「確かに」と彼は、胸の中で心臓が痛そうに高鳴りながらも、できるだけ平静を装って答えた。

二人はそれぞれの目的地に向かって坂を下り始めた。太陽がゆっくりと沈み始め、ピンカートンの小さな町に金色の色合いを落としていました。空気はさわ

やかで新鮮で、どこにでも咲いている花の香りが
漂っていました。その日の美しさにも関わらず、ノー
バートの心はアンジェリカの隣を歩いているという事
実に奪われ、彼の思考は賞賛、自信喪失、憧れの
混沌とした渦巻きとなった。

彼らが歩いているとき、ノーバートは胸に奇妙な引っ
張り心地を感じ、もっと何かをしたい、いつものやりと
りから一歩踏み出したいという暗黙の願望を感じまし
た。アンジェリカに対する彼の感情はここ数か月間
着実に大きくなり、それを表現する勇気がなかった
にもかかわらず、もっと欲しいと感じずにはいられま
せんでした。彼らはしばらくの間緊密に協力してお
り、ノーバートは彼らの力関係の微妙な変化に気づ
き始めていました。彼らはもはや単なる研究パート
ナーや知人ではありませんでした。彼は単なる友情
をはるかに超えた方法で彼女を気遣い始めた。

丘のふもとに近づくと、ノーバートは勇気を振り絞っ
た。彼は何か言おうと口を開いたが、言葉が喉に詰
まってしまったようだった。手のひらは汗をかき、喉
はカラカラに乾いていた。話そうとするたびに緊張が
高まり、声を見つけるのに苦労していました。

「よろしいでしょうか...」と彼は話し始めたが、その声
はささやき程度で、どう進めばよいか分からなかっ
た。続ける力を集めようとしたとき、彼の思考は散乱
した。

突然、アンジェリカは振り向いて、彼と目が合った。
世界が一瞬減速したように見えました。そこで、互い
にわずか数インチ離れたところに立っているノー
バートは、彼女の視線の強さに捕らえられました。彼
の心臓は高鳴り、固まってしまい、動くことも話すこと

もできなくなりました。まるで時間そのものがその流れを止めて、このつかの間の説明不能な瞬間を許すかのように、二人の間の空間は充電されているように見えました。

アンジェリカは首を少し傾け、彼の次の言葉を期待して唇を笑みに丸めた。　「いいですか、うーん…」ノーバートは口ごもり、ヘッドライトに照らされた鹿のようにその場に立ち尽くしながら、再び言葉を失敗させた。

「家まで送ってあげるってことですか？」アンジェリカは彼の言葉を言い終えて尋ねた。彼女はふざけて眉を上げ、その声には楽しさが含まれていた。

ノーバートは何を質問しようとしていたのかを悟り、目を大きく見開いた。もちろん、彼は彼女に車に乗ってあげるつもりだった。それは、もう少し一緒に過ごせるかもしれない簡単なものだった。しかし今、彼女が非常に近くに立って、彼女の目は自分に釘付けになっているので、彼は自分が完全に武装解除されていることに気づきました。彼の心は渦巻いていて、ほとんど反応を呼び起こすことができなかった。

彼はゆっくりとうなずき、口をわずかに開け、視線は彼女の顔に固定された。彼はまったく愚かだと感じた――どうして自分は、一貫した文章を一つも作ることができずに、あんなにぎこちなくそこに立っていることができたのだろうか？彼は恥ずかしさで肩を落とし、自分の感情の嵐に巻き込まれて動かずに立ち尽くしていた。

しかし、彼がそれ以上何かを言う前に、アンジェリカは一歩下がって、二人の間の緊張を解きました。

「乗せてもらったよ。またね」と彼女は言った。まるで事態がさらに複雑になる前にこの瞬間を終わらせようと急いでいるかのように、彼女の言葉は急いで出た。

ノーバートはそこに立って、彼女が背を向けて立ち去るのを見ながら心が沈みました。彼が恥ずかしくて言えなかった言葉は、今では言葉にも答えにもならず、重く宙に浮いていた。彼は悲しみと自己嫌悪の入り混じった感情を抱きながら、後ずさりする彼女の姿を見つめた。なぜ彼はそんなに緊張していたのでしょうか？なぜ一度だけ、普通になれなかったのか？

彼は涙をこらえながら凍りつき、その瞬間を何度も頭の中で思い出した。なぜ私がそんなに愚かに見えなければならないのですか？彼はそう思いながら、心が痛んだ。彼はよだれを垂らしたり、これまで以上に自分自身を馬鹿にしないことを祈りながら、ぼんやりと顎を拭きました。彼女が角を曲がって消えていくと、彼は小さく悲しげに手を振り、おそらくこれが最善だったのだと自分に言い聞かせた。彼女に対してではなく、100万年経っても、彼は心に思っていることを口にする勇気は決してないだろう。

車に戻る途中、自分の能力のなさについての考えが頭から離れなかった。彼の心は高鳴り、あらゆる瞬間、彼が言ったすべての言葉を分析していました。彼女が「またね」と言ったのが本気だったらどうなるでしょうか？それが、勉強会以外で彼女に会うのが最後になったらどうなるでしょうか？彼はこれまでの人生でこれほど自分が小さいと感じたことはなく、その認識が彼をさらに孤独に感じさせた。

しかし、その夜、彼が車で家に帰る途中、彼の考え
は彼女のことで飲み込まれていました。彼にはそれ
ができなかった。彼女は美しく、知的で、自信に満ち
ていて、彼が今までになかったすべてを持っていま
した。両者のコントラストははっきりしていましたが、
ある意味、説明のつかない奇妙に調和しているよう
に感じられました。ノーバートは常に自分の知性と、
複雑な問題を解決し、あらゆる角度から状況を分析
する能力に誇りを持っていました。しかし、アンジェリ
カのことになると、彼の論理と推論はすべて消え
去ったように見えました。彼女の前では、彼は自分
が思っていた人間の影にすぎませんでした。

それでも、すべてにもかかわらず、彼の心の一部は
希望を捨てませんでした。彼らの間には火花があり
ましたね。たとえその瞬間に彼がどれほど気まずさを
感じたとしても、それは否定できないつながりでし
た。アンジェリカは彼に微笑み、その眩しい目で彼を
見つめ、そしてほんの一瞬、彼は何か本物を感じ
た。

その夜のドライブはいつもより長く感じられた。 1マイ
ルが経過するごとに、ノーバートの思いは重くなり、
言葉にできない感情の重みが彼にのしかかってきま
した。未来がどうなるか、勇気を出してアンジェリカに
本当の気持ちを伝えることができるかどうか、彼には
わかりませんでした。しかし、一つ確かなことは、す
べてが可能性の瀬戸際にあるように見えたこの日、
この瞬間を彼は決して忘れないだろうということだっ
た。

その後の数日間、ノーバートはその場面を何度も何
度も頭の中で再生せずにはいられませんでした。そ
のことを考えるたびに、彼は自分がどれほどぎこちな

かったか、自分の気持ちをうまく表現できなかったこ
とに身がすくむ自分に気づいた。それでも、彼は疑
問に思わずにはいられなかった——彼女も何かを感
じたのだろうか？それとも、彼だけが決して叶わない
夢に囚われていたのだろうか？

今のところ、彼は、彼のぎこちなさと神経質にもかか
わらず、アンジェリカが彼に親切以外の何物でも接
してくれなかったことを知って満足する必要があるだ
ろう。今のところはそれで十分かもしれません。しか
しノーバートは心の底では、いつか勇気を出して自
分の心を話す日が来るだろうと分かっていた。そして
その日が来たとき、彼はアンジェリカが自分の言うこ
とを聞く準備ができていることを望んだ。

ありそうもない同盟者

その夜遅く、アンジェリカは机に座り、目の前の輝くスクリーンに目を釘付けにしました。その夜はまさに彼女の期待通りに展開した。彼女の美しさと減量プログラムの魅力的な約束に魅了された彼女のフォロワーは、彼女のウェブサイトに注文が殺到しました。彼女の計画に従って人生を変えたいと願う顧客が集まり、お金が波のように押し寄せた。携帯電話に通知が鳴り続ける中、アンジェリカさんは思わず笑みを浮かべた。彼女の努力の成果が報われるのを見るのは爽快でした。

時間が経つにつれて、アンジェリカは精力的に働き、各顧客に個別の指示を電子メールで送信しました。彼女は、ブランドに対する信頼を築くのに役立つため、彼らに話を聞いてもらっている、大切にされていると感じてもらうことがいかに重要かを知っていました。新しい注文の通知が届き続けましたが、顧客からのメールも容赦なく届きました。時計が真夜中を指す頃には、彼女の受信箱はリクエストでほぼ溢れかえっていました。疲れ果てながらも満足したアンジェリカは、ついに最後のメールを送信し終えました。

彼女の体は崩れ落ちそうだったが、心はまだ興奮で高鳴っていた。彼女はベッドに沈み込み、安らかな眠りを期待していましたが、それは実現しませんでした。彼女は寝返りを打ちながら、彼女の減量プログラムがクライアントの生活をどのように変えるかという考えで頭が高鳴っていました。彼女の夢は、まるで自分のビジネスがすでに世界的なセンセーションに

なっているかのように、成功のビジョンで満たされて
いました。

朝の光がカーテンを突き破ると、アンジェリカは昨夜
の興奮からまだ動揺しながら、ふらふらしながらベッ
ドから転がり落ちた。彼女は携帯電話をチェックし、
一晩で事態がどのように進んだのかを知りたかっ
た。しかし、彼女が見つけたのは、彼女が期待して
いた熱烈な賞賛ではありませんでした。

ウェブサイトのレビューをスクロールしながら、彼女の
心は沈みました。最初のレビューにはこう書かれて
いました。「この減量計画は冗談です。アンジェリカ、
今回は間違えましたよ！」「お金を返してほしい」と
いう別のレビューも届いた。新しい否定的なコメント
が出るたびに、彼女の胃は痛くなりました。それは1
つや2つだけではありませんでした。数十人がいて、
全員が彼女のプログラムを詐欺だと呼び、全員が彼
女の誠実さを疑問視していました。

アンジェリカは、彼らの怒りと失望の重さが彼女に押
し寄せているのを感じた。彼女は椅子にもたれかか
り、信じられないという表情で画面を見つめた。彼女
は自分の計画がうまくいくことを知っていました。彼
女はそれに時間と努力と配慮を注ぎました。なぜ彼
らはそれを見ることができなかったのでしょうか？

彼女は深いため息をつき、こめかみをこすり、イライ
ラが募った。「なぜ彼らはそんなにすぐに判断してし
まうのでしょうか？」彼女は小声でつぶやいた。長い
沈黙の後、彼女は状況をコントロールすることを決意
した。彼女は否定的なレビューに打ちのめされるの
ではなく、強さと自信を持ってそれに応えようとしまし
た。彼女はすぐに次のような返信を入力しました。

「申し訳ありませんが、返金はできません。この計画
は、継続して実行すれば効果があることが証明され
ています。そのまま続けていただければ返金の必要
はありません！」

そこには。それでうまくいくはずですよね？

しかし、その言葉を入力しているときでさえ、彼女の
腸の中で、これでは十分ではないと何かが彼女に告
げました。彼女は顧客に、それを超えて進んでいく
姿勢を示す必要がありました。彼女は、自分のプロ
グラムが正当なものであり、その成功を気にかけて
いることを証明するために、さらに何かをする必要が
ありました。

その時、彼女にある考えが浮かんだ。ノーバート。

アンジェリカはノーバートのことを以前から知ってい
た。彼は物静かで控えめな男で、常に彼女に親切
でしたが、彼女は時折交わす以外に彼のことをあま
り考えたことはありませんでした。しかし今、彼女は
チャンスを感じました。ノーバートは常にテクノロジー
を使って仕事をしており、彼女の信頼性を高めるの
に役立つアカウントやプラットフォームにアクセスで
きました。もしかしたら、彼は彼女が状況を好転させ
るために必要な味方になるかもしれない。

しばらく財布を調べた後、アンジェリカはノーバート
のキャンパス外のアパートの住所を見つけました。そ
れ以上時間を無駄にすることなく、彼女はジャケット
を掴んで出かけました。

彼のアパートに足を踏み入れたとき、彼女は隣人の
視線に気付かずにはいられませんでした。ジーンズ

にTシャツ、すっぴんというカジュアルな服装にもかかわらず、彼女の存在感はすれ違う人すべてを魅了したようだ。それは彼女にとって慣れ親しんだ感覚だったが、今回は違った。ささやき声と視線は彼女の自信をさらに高めるだけだった。彼女には果たさなければならない使命があった。

彼女はノーバートの家のドアにたどり着き、ノックしました。ドアが勢いよく開くと、彼女は予想していなかった光景を目にしました。彼女の前に立っていたのはノーバートだった。彼の顔はすぐに明るくなりましたが、その後、彼女が驚いたことに、彼は凍りつきました。彼の口は開き、目は見開かれ、彼女が何かを言う前に、彼はバランスを崩したようで後ろによろめき、地面に倒れました。

アンジェリカは少し驚いて瞬きした。彼女はそのような反応を予想していなかったが、思わず笑みを浮かべた。ある意味、愛おしかったです。彼女はアパートに足を踏み入れ、回復した彼を軽く踏み越えた。

「わあ、ああ、アンジェリカ、あなたが来てくれて本当に光栄です」ノーバートは地面に座ったまま、明らかに狼狽していたようにどもりながら言った。「お入りください、奥様」彼はリビングルームに向かって身振りで示しながら、盛大に付け加えた。

アンジェリカは眉を上げて中へ足を踏み入れた。彼女の目はアパートをざっと見渡し、混乱を捉えた。ポスターが壁を覆い、棚には不揃いの本やレコードが並べられていました。この部屋にはある種の魅力がありましたが、ノーバートがインテリア　デザインの才能をまったく持っていないことは明らかでした。

「ノーバート、あなたのアパートはとても…うーん、興味深いですね」と彼女は遊び心のある、それでいて礼儀正しい口調で言った。

彼は誇らしげに笑みを浮かべた。　「ああ、あなたは私の最も貴重なコレクションをまだ見ていませんね」と彼は、壁に向かって劇的に身振りで言いました。

アンジェリカは彼の手を目で追い、お腹をへこませた。そこには、恐ろしい栄光に囲まれた昆虫の精巧な展示がありました。それは壁のほぼ全体を覆っており、考えられる限りのあらゆる種類の虫がいた。生きている虫もあれば、ガラスケースに保存されている虫もいた。しかし、コレクションの目玉であり、彼女の視線を最も集めたのは、太くて毛むくじゃらの脚と光沢のある黒い目を備えた、まるで本物のような巨大なクモでした。彼女は胸に吐き気の波が押し寄せるのを感じた。

彼女は急いで向きを変え、恐ろしい表示から目をそらそうとした。　「虫から離れた、こちらのソファに座ってください。ごめんなさい」とノーバートさんは不快感を感じながら言った。

アンジェリカはソファに座ったが、蜘蛛の姿を見て心臓は高鳴り続けた。彼女は深呼吸をして、自分を落ち着かせようとした。ノーバートさんは彼女の不安にも気づかず、自分の昆虫コレクションについて熱心に話し始め、彼女が聞きたがらなかった事実や詳細をダラダラと話し始めた。

「昆虫は地球上の魅力的な生き物です。誰もが私ほど彼らを高く評価しているわけではありません」とノーバートは続けた。　「それらの部位が頭、胸部、腹部で構成されていることをご存知ですか?頭部は心外膜に囲まれており、その中には触角、単細胞、口器が含まれています...」

「わかった、わかった」彼女は手を挙げて急にさえぎった。　「私は科学の授業をしに来たわけではない」と彼女は言い、彼の話を遮ろうとした。彼女は立ち止まり、口調を和らげ、口元にわずかな笑みを浮かべた。　「ノーバート、お願いがあるのですが」と彼女は優しく説得力のある声で言った。

ノーバートの顔はすぐに明るくなり、緊張が消えました。　「何でもお望みですよ、奥様」彼は期待に目を丸くして熱心に答えた。

「アカウントにログインしてほしいんです」と彼女は切り出し、口調は切迫したものに変わった。「私の減量プログラムについて熱烈なレビューを書かなければなりませんが、それがあなたからのものであるように見せたいのです。」

ノーバートは驚いた様子だった。「待って、あなたは私にそうしたいのですか—」

「お願いします」アンジェリカは声を低くして懇願した。「これが必要なんです、ノーバート。私の評判がかかっています。あなたが私を助けてくれるのはわかっています。」

彼はまばたきをして、明らかにその考えに不快だったが、彼女を喜ばせたいという欲求が勝った。「こちらへお進みください、奥様」と彼はオフィスのドアに向かって身振りで言いました。

アンジェリカはほとんど知りませんでしたが、ドアの向こうでもう一つの驚きが彼女を待っていました。すべてを変える驚き。

予期せぬ訪問者

アンジェリカは決意と緊張が入り混じった気持ちで
ノーバートのアパートに入った。彼女はお願いをしに
来たのですが、それは自分の快適ゾーンから一歩
踏み出すことを要求するものでした。彼女はこれま
で彼の家の中に入ったことはなかったが、この奇妙
な状況下では、それが奇妙に重要だと感じた。中に
足を踏み入れるとすぐに、本が隅に積み上げられ、
ビニールレコードが床に散らばり、無名のアーティス
トのポスターが壁を覆っているなど、雑然とした状態
にすぐに気づきました。それは少し混乱していました
が、間違いなく...ノーバートでした。

「素敵な場所よ」とアンジェリカさんは混乱に感じた
不快感を隠そうとした。

ノーバートは誇らしげな笑みを浮かべて、部屋中を
身振りで示した。「あなたはまだ何も見ていません。
私の貴重なコレクションをご覧になるまでお待ちくだ
さい。」

彼女は眉を上げて、彼が何を言っているのか分から
なかった。「貴重なコレクション？」

ノーバートは目を輝かせながら彼女をアパートの左
側に案内した。そこには大きな展示ケースが壁全体
を覆っていた。中にはクモ、甲虫、蛾、その他アン
ジェリカの肌を這わせた昆虫の標本が額装されてい
ました。しかし、本当に彼女の注意を引いたのは目
玉だった。実物そっくりの特大タランチュラ、その太く
て毛むくじゃらの脚、そしてフレームから飛び出そう
な威嚇的な目だ。

アンジェリカは吐き気の波を感じて一歩後ずさった。「うーん...すごいですね」と彼女は心の中で湧き上がるパニックを必死で隠しながらなんとか言った。その巨大な蜘蛛のことを考えると、彼女の肌はゾクゾクした。

ノーバートは彼女の不快感に笑いました。「彼らは魅力的な生き物です。それぞれに独自の物語があります。彼らの動き方、生き残る方法、それは彼ら自身の小さな世界のようなものです。」

アンジェリカは彼の昆虫の話をこれ以上聞きたくなかった。彼女は一秒たりともディスプレイを見ることができませんでした。「ええ、私はここに座って、不気味な這う動物から離れてください。」

ノーバートは彼女の反応に満足しているようで、否定的に手を振った。「もちろん、もちろん。快適にしてあげましょう。結局のところ、あなたはゲストです。」

アンジェリカはソファに体を沈めながらも、昆虫の衝撃で心臓が高鳴りながらも、無理なく均等に呼吸しようとした。彼女は集中しなければなりませんでした。彼女には理由があって来たのです。

「それで、ノーバート...」彼女は、残る不安を振り払おうと話し始めた。「お願いがあるんです。」

彼は目を大きく見開いて彼女に向き直り、助けたいと熱望した。「何でもいいよ、アンジェリカ。あなたがそれに名前を付けます。

「あなたのアカウントにログインしてほしいんです」と彼女は声を安定させながら言った。「自分の減量プログラムについて、熱烈なレビューを書く必要があります。何か説得力のあるレビューを書く必要があります。本当の成功物語のように見せる必要があります。」

ノーバートの表情は一瞬だけ動揺し、その後小さくうなずいた。「それはできますよ。全く問題ないよ。」

アンジェリカは安心した。彼女は減量計画に何時間も取り組んできましたが、否定的なレビューが山積していました。彼女の信頼性が危うくなっていたが、このレビューが事態を好転させる一つのきっかけとなるかもしれない。ノーバートの助けは彼女に必要な優位性を与えるだろう。

「ありがとう」と彼女は声を柔らかくした。　「本当に感謝しています。」

彼女が定住しようとしたそのとき、予期せぬことが起こりました。彼女の隣のクッションの下から小さな鱗状の頭が飛び出した。アンジェリカは目を見開いた。頭の後には、長く滑る尾と水かきのある足が続きました。その生き物は——そう呼ぶことができれば——トカゲだった。非常に大きなトカゲで、目が飛び出ていて、まるで侵入者のように部屋を調べているようでした。

アンジェリカの血は冷えた。彼女は何も考えずに心の底から叫び、甲高い金切り声がアパート中に響き渡った。トカゲはクッションの下から飛び出し、長い尻尾が後ろの空気を揺らしながら彼女に向かってまっすぐに向かいました。

アンジェリカは恐怖を感じて飛び起き、ドアに向かって後ろ向きによろめきました。彼女の心臓は高鳴り、息は短くなり、パニックに陥った。彼女はその生き物が蛇のように舌を突き出して進んでいくのを見て、目を離すことができなかった。彼女はこれまでの人生でこれほど恐れたことはありませんでした。

彼女はドアを突き破り、廊下に出ようとしたときに後ろからドアをバタンと閉めた。彼女の心臓は胸の中で高鳴り、アドレナリンのせいでまだ震えていました。彼女はドアにもたれかかり、背中をドアにしっかり押し付けながら息を整えようとした。

彼女を怖がらせたのはトカゲだけではありませんでした。そもそもここに来て何が起こったのか全く分からなかったという事実でした。すべてが間違っていると感じました。アパート。ノルバートの昆虫に対する異常な執着。そして今度は巨大なトカゲ。彼女は何に足を踏み入れたのでしょうか？

彼女の叫び声が注目を集めた。近所の人たちは、心配する人もいるし、ただ興味を持っている人もいて、廊下になだれ込み始めた。アンジェリカは落ち着きを取り戻そうとしたが、まだ衝撃で体が震えていた。

男の一人は、黒いジャケットを着て、サングラスをかけて、濃い口ひげを生やした、背が高く筋肉質な男で、物知りそうな表情で彼女に近づいてきた。　「ねえ、恋人、どうしたの？　　どうしてそんなに叫んだの？」

彼の声は低くて砂利のようで、息についたアルコールの匂いがすぐに彼女を襲った。彼女は後ずさりし、本能的に腕を上げて距離を作りました。

「気にしないでください」と彼女はイライラで目を輝かせながらきつく言った。彼女が最も必要としたのは、今なら彼女に近づくことができると想定している見知らぬ人です。

男性は彼女の反応に動揺していないようだった。彼は彼女を評価しながら目を細めながら一歩近づきました。　「何が起こったのか教えてください、可愛い人。大丈夫です。怖がらなくても大丈夫です。」

「私が叫んだのはあなたには関係ありません！」彼女はきっぱりと言いました、その声にはますますイライラが満ちていました。

男は引き下がらなかった。代わりに、彼は彼女を上下に見つめながら微笑んだ。サングラスで目は隠れていたが、アンジェリカは彼の視線の強さを感じた。「あなたのような女性が、ノーバートのような男と一緒に？意味がわかりません。」と彼は見下すような声で言った。

彼は、何が彼女を悲鳴を上げてノーバートのアパートから飛び出すように仕向けたのだろうかと考えながら、彼女のことを推測しているようだった。アンジェリカは胸が熱くなるのを感じた。彼女は見知らぬ人に何が起こっているか知っていると思わせるつもりはなかった。

ちょうどそのとき、ノルバートが戸口に現れ、当惑した表情で現場を見渡した。男は振り返って彼を見て、そしてアンジェリカに戻った。

「何かがおかしい」と彼は携帯電話を取り出しながらつぶやいた。「警察に電話します。何が起こったのか解明してくれるでしょう。」

アンジェリカの神経は燃え上がった。これは彼女が最も必要としたものでした。彼女はすでに減量計画の混乱に対処していました、そして今これは？彼女が彼をこのまま逃がすわけがなかった。

彼女は自分の携帯電話を取り出し、話しながら指を素早く動かし、怒りに満ちた声を上げた。「いいか、警察に電話したければ、もう電話をかけていただろう。そして、私が去りたいと思ったら、そうするでしょう。でも、警察に通報する勇気はないよ。」

彼女は目を輝かせて一歩を踏み出した。「もし警察が来たら、私が叫んだ理由を正確に話します。それは、この男が私に嫌がらせをしていたからです。そして、ああ、彼は酒を飲んでいたからです。」

男は凍りついた。彼女を過小評価していたことに気づき、サングラスの奥で彼の顔は青ざめた。彼は何も言わずに、降伏するかのように両手を中途半端に上げて後ずさりした。

アンジェリカは最後にもう一度彼を見つめ、その目は鋭く不屈で、その後向きを変えて後ろのドアをバタンと閉め、しっかりと鍵をかけた。

ノルバートは戸口に立って、ゆっくりと拍手をした。「素晴らしいですね」と彼は賞賛に満ちた声で言った。「あれは非常に印象的なショーだったと言わざるを得ません。しかし、あの男には気をつけてください。彼はプロレスラーであり、手を出したい人物ではありません。」

アンジェリカはアパートの中にようやく安全を感じて、安堵の息を吐きました。彼女は後ろ手でドアに鍵をかけ、ドアにもたれかかり、その出会いの重みが肩にのしかかるのを感じた。

「対応してくれてありがとう」と彼女は優しく、しかし誠実な声で言った。

ノーバートの顔は不安からいたずらな笑みに変わった。　　"問題ない。しかし、正直に言うと、私は気が散ってしまいました。ミス・リジーをしまうのを忘れてしまいました。」彼は立ち止まり、当惑した表情を顔に浮かべた。「先ほど会ったトカゲです。少しの間彼女を檻から出さなければなりませんでしたが、まあ、彼女は...逃げました。」

アンジェリカは何が起こったのかを理解して顔が青ざめました。「アパートにトカゲを放したの？！」彼女は信じられないという気持ちと悔しさが入り混じった気持ちでうめき声を上げた。

ノーバートはすぐに謝罪した。　　「本当にごめんなさい、アンジェリカ。彼女は今檻の中に戻っています、すべて順調です。」

アンジェリカは立ち止まり、深呼吸をした。彼女はお願いのためにここに来たのだが、ノーバートとの状況の方が不安なのか、それともすべてのばかばかしさの方が不安なのかは分からなかった。彼女は集中力を維持する必要がありました。まだやらなければならない用事が残っていた。

「それで、」彼女は無理に笑みを浮かべながら言った。「本題に戻りましょう。そのレビューについてですが...」

災害へのレシピ：新たなレビュー

アンジェリカはノーバートのオフィスに戻り、口元にかすかな笑みを浮かべながら、中断したところから再開した。壁の時計が時を刻み、彼女の指がキーボードの上で踊り、最近の大量の顧客レビューに応えました。彼女は希望と疲労感が入り混じった気持ちでそれらを読み進めた。しかし、最新のものが彼女の注意を引いた。少しの間立ち止まり、彼女は咳払いをして自分の考えを共有する準備をした。

「ノーバート、こっちに来て、何か意見が必要なの」と彼女は肩越しに彼のオフィスの方をちらりと見ながら呼んだ。

すぐにノーバートが現れ、いつもの風変わりな笑みが好奇心で和らいだ。アンジェリカは携帯電話をかざしてレビューを声に出して読み上げ、安定した声で次のように話しました。

「『そんな悪い評価は聞かないでください。この計画は、それに固執すれば機能します。これを実践したところ、すぐに5ポンド体重が減り、お腹が空くことはありません。アンジェリカ、これまで私にとって効果があった唯一のダイエット法をありがとう。」

ノーバートは何気なく肩をすくめ、面白がって唇を丸めた。「そうだね、減量が私の目標なら、もしかしたらそんな言葉を口にするかもしれない」と彼は小さく笑いながら言った。彼は沈黙を保ちながら立ち止まり、「さあ、私が夕食を作る間、席に座ってリラックスしてはどうですか？」と付け加えた。

アンジェリカは眉を上げ、興味をそそられながらも少し警戒した。彼女は時間が経つにつれて、ノーバートの「ディナーの計画」は、彼自身と同じくらい予測不可能であることが多いことを学びました。しばらくして、明るいシェフの帽子と「シェフ・ノーバート：料理の達人」と書かれた途方もなく大きなエプロンを着たノーバートがキッチンから現れました。彼は、アンジェリカには分類できなかったさまざまな料理が載ったトレイを持っていました。

「こんばんは、奥様。お食事の楽しみとして、レモンライム　クールエイドの冷たいグラス、熱々のスパゲティ　プレート、焼きたての白パンに挟んだ分厚くおいしいデリスライスのボローニャ　サンドイッチ、そしてその上にボウルをご用意しています。甘美なレモンジェロの。

アンジェリカは奇妙な食べ物のコレクションを見て瞬きし、皿を見つめながら口元にかすかな笑みを浮かべた。その食事は、一言で言えば奇妙でした。子供時代に食べた安らぎの食べ物が、まったくかみ合わない奇妙な組み合わせでした。彼女はその不条理さに大笑いした。

しかし、ノーバートは頭を下げ、恥ずかしそうに床を見つめながら顔がピンク色になった。彼の目に傷があることに気づいたとき、アンジェリカの笑いは和らぎました。

「お腹が空いていない、それだけです」と彼女の口調は穏やかになった。「クールエイドを飲むだけかもしれない。」

彼女は皿を彼に向かって押しましたが、彼女のユーモアの試みは失敗に終わりました。ノルバートは食事をひと目見て、そのまま冷蔵庫に入れました。彼の機嫌は悪くなったが、何も言わなかった。代わりに、彼はクールエイドをグラスに注ぎ、キッチンのテーブルで彼女に加わりました。二人はそこに座り、沈黙で甘い飲み物をすすりながら、夜の緊張の重みが二人の間に漂っていた。

数分が経過しました。アンジェリカとノーバートが一緒に静かな時間を過ごすときによくあったように、会話は浮き沈みを繰り返した。時間が経つにつれ、アンジェリカさんはモバイル デバイスをチェックし、ソーシャル　メディアへの最新の投稿が興味を引き起こし、注文が殺到するかもしれないと期待しました。しかし、そのような幸運はありません。残念ながら画面は静止したままでした。

さらに悪いことに、新たなレビューが掲載されました。それは、彼女のすでに脆弱な自信に大きな傷を与えることは確実な、厳しく怒りに満ちたメッセージでした。

アンジェリカは深呼吸してそれを声に出して読み上げた。心の中でフラストレーションが増大しているにもかかわらず、彼女の声は安定していた。

「このいわゆる「ダイエット」は完全な詐欺です。注文しないでください！お金を返してもらえなかったので、その重大な秘密を暴露します。これはただ単に、気分が悪くなり食欲がなくなるまで部屋をグルグル回り続けるように指示するだけです。それがうまくいかない場合は、自分の腹を殴ってください。誰が病気になりたいですか？キャンディに関しては、包装は取り外さないで、好きなだけ食べてもよいとの指示があります。ははは、とても面白いですね！そして彼女は、私たちも彼女のように美しく見えると主張しています。世界中でどんなに整形手術をしても、私を彼女のように見せることはできません！」

言葉が部屋に静まると、長い沈黙があった。ノーバートは表情が読めずに彼女を見つめた。アンジェリカは携帯電話を手にしっかりと握り、言葉を理解しようと努めた。

ついにノーバートが沈黙を破り、その声には皮肉が滲んだ。「ああ、それが計画の本質ですか？」彼はそう言い、唇から笑いが漏れそうになった。彼は平静を保つのに苦労したが、レビューの不条理が全力で彼を襲った。彼は胸にこみ上げてくる笑いを抑えようとしたが、無駄だった。

気が付くと彼は咳き込んでいて、アンジェリカの視線から逃れるために逃げる彼の笑い声がバスルームに響き渡っていた。彼は後ろ手にドアを閉め、笑いの発作で体を震わせた。

「ノルベルトさん、大丈夫ですか？」アンジェリカがドアの向こうから電話をかけてきたが、その声は不安げだった。

「はい、ちょっと待ってください」とくぐもった返事が返ってきた。

ノーバートは浴槽の縁に座り、なんとか落ち着きを取り戻そうとした。笑いすぎて彼は頭がくらくらしてしまったが、ユーモアを超えて、より深い考えが彼の心に忍び込んできた。アンジェリカは常に冷静で自信に満ちていたが、批判の猛攻撃に直面していた。ここに彼は、彼女の弱さの瞬間を見て笑いました。なんて皮肉なことだろう、と彼は考えた。彼は常に嘲笑の対象だったが、この瞬間、他人の冗談の対象となったのはアンジェリカだった。

彼は深いため息をつき、浴槽から体を押し出し、手の甲で顔を拭きました。彼は鏡に映った自分をちらっと見たが、曇ったガラスを通して彼の像はぼやけていた。彼の奇行は常に嘲笑の対象だったが、今日、彼はグループの単なる道化以上の役割を果たす必要があるかもしれないと気づいた。結局のところ、彼は知恵のある人でした。彼は先祖たちの知識を受け継いでおり、おそらく今、彼が彼らの混沌とした世界において理性の代弁者となるべき時が来たのでしょう。

彼はまっすぐに立ち、深呼吸をし、細心の注意を払って髪をとかしました。彼は、気持ちを立て直さなければならないという危機感を感じながら、コロンを少し塗りました。出てくる準備をしながら、彼はアンジェリカの将来について考えずにはいられませんでした。彼女が受けた批判は今となっては痛ましいかもしれないが、それが彼女の旅の終わりではなかった。実際、これは単なる始まりかもしれません。

ドアが開き、ノルバートが再び現れた。彼の目にはまだ少しいたずら心が残っていたが、彼の顔はより穏やかになった。

「それは申し訳ありません」と彼は咳払いをしながら言った。「さて、これをある程度理解できるかどうか見てみましょう。」

アンジェリカは半分面白がり、半分イライラして彼に眉を上げた。「分かった、分かった、分かった。私の計画はちょっとばかげていました」と彼女は両手を上げて降伏を装って言った。「でも、甘いものを食べたいときには効果があることは認めます。」

ノーバートは苦笑した。「他の可能性も検討してみます。私たちは一緒に、あなたの絶好のチャンスへの道を見つけます。」彼は立ち止まり、口調がより真剣になった。　「爬虫類の飼育を提案してもいいですか？」それとも昆虫の剥製でしょうか？」

アンジェリカは目を丸くしたが、口の端には笑みが浮かんだ。「とても面白いですね、ノーバート。でも、今のところは今の努力を続けていこうと思う。」

ノーバートは椅子にもたれかかり、満足そうな笑みを浮かべた。「計画のようですね。」

アンジェリカは時計をちらっと見て、時間が経つのが早いことに気づきました。　「ああ、時間を見てください。私は行かなければならない。"

彼女はコートを掴んでドアの方へ向かいました。帰る直前、彼女はノーバートのオフィスに向かって「お疲れ様、ミス・リジー」と叫びました。これは、その日の混乱に対するふざけたジャブでした。

そしてアンジェリカはいなくなった。ノーバートは静かに座って、二人をここに連れてきた奇妙で曲がりくねった道について考えました。未来がどうなるかはわかりませんでしたが、一つだけ確かだったのは、次に何が起ころうとも、彼らは共に立ち向かうということです。

夜空に願いを

ノーバートが冷たい夜の空気の中に立っていたとき、彼の中では興奮と不安の混合物が渦巻いていました。その夜は最も予期せぬ形で展開した。平凡な会合として始まったものは、彼が想像していたよりもはるかに深いもの、より感動的なものへと発展しました。彼はアンジェリカを車まで連れて行き、今二人は彼女の白いキャバリアのそばに立っており、柔らかな月の輝きが彼女の顔立ちにほとんど幻想的な光を投げかけていた。

双星のように輝く彼女の瞳が彼の視線を捉え、一瞬時間がゆっくりになったように感じた。広大な空の下に佇む彼女は美しく、まるで現実とは思えないほど輝いていました。ノーバートは、月光が彼女の髪の中で踊る様子、彼女が話すときに唇がわずかに開く様子に魅了されたことに気づきました。彼女の美しさに彼は圧倒され、一瞬、宇宙全体がこの繊細な相互作用を目撃するために立ち止まったかのように感じました。

彼は息を飲み込み、その場で固まりながら心臓が高鳴った。炎に向かう蛾のように、彼女の存在に惹かれながら、少しずつ前に進み、彼女に少しずつ近づき、彼は勇気のすべてを必要とした。一歩ごとに、彼はより深い夢の中に連れて行かれるようで、空気中に残る魅惑的なブレンドである彼女の香水の甘い香りを吸い込むと、彼の感覚は高まりました。

ノーバートの心臓は胸の中で高鳴り、その音は耳をつんざくほどだった。崇拝、憧れ、純粋な畏怖といった感情の高まりが彼の感覚を満たし、目もくらむような多幸感の波が彼の体中に伝わった。足に力が入らず、視界がぼやけてしまいました。まるで彼の周りの世界が消え去り、そこにアンジェリカだけが残り、彼女の輝く姿が彼の存在全体の焦点となったかのようでした。

しかしその後、魔法が彼を捉えたのと同じくらい早く、それは打ち砕かれました。アンジェリカが車のドアに手を伸ばすと、ハンドルが軽くカチッと音を立てて、ノーバートは現実に引き戻された。彼女は出発していました。彼女は立ち去っていった。彼の心は沈み、失望の鋭い痛みが胸の奥に収まった。

「おやすみ」と彼女は温かく、しかし最後の声で言った。イグニッションのキーを回すと、後ろでドアが閉まる音がノーバートさんの心の中に響きました。彼女は一瞥もせずに走り去り、そのシルエットは遠くに消えていった。

彼はそこに立ったまま、その場に根を張ったまま動くことができず、完全に理解できない考えが頭の中で駆け巡っていました。彼は彼女の車が夜の闇に消え、尾灯のかすかな光が暗闇に消えていくのを眺めた。彼の周囲の沈黙は重く感じられ、彼が一人でそこに立っていたときの虚無感は明白で、言葉にならない言葉で彼の心は痛んだ。

ノーバートはゆっくりと向きを変え、涼しい風が顔を撫でながらアパートに戻ろうとしたが、彼の中に巻き起こった嵐を和らげるにはほとんど役立たなかった。彼はひとりになる時間、自分の考えをまとめる時間が必要だったので、建物の正面階段に座って夜を見つめていました。

上空の星々は明るく輝き、その遠くの輝きは静けさの中に安らぎを与えてくれました。時折木々の葉が擦れる音を除けば、空気は静かだった。ノーバートは深いため息をつき、夜の静けさに身を任せたが、彼の思いはアンジェリカに固定されたままだった。彼がどんなに気を紛らわせようとしても、彼女のことはいつも彼の頭の中にあった。

彼は空を見上げ、広大な宇宙に慰めを求めました。満月が空高く垂れ下がり、その銀色の光が世界をこの世のものとは思えない柔らかな光で満たしていた。彼は深い憧れ、それ以上のものに対するほとんど絶望的な欲求を感じずにはいられませんでした。彼はアンジェリカに自分を単なる友人以上の存在として、彼が自分自身をしばしばそう認識していた不器用でぎこちない男以上の存在として見てほしいと何よりも望んでいた。

彼は深呼吸をし、空で最も明るい星を見つめた。静かな希望に満ちた声で、彼は夜にささやきました。彼女が気まずさを超えて、不確実性を超えて見えるように助けてください。彼女が私を友達以上の存在として見てくれるように助けてください。」

彼の言葉は一瞬宙に浮いたまま、彼の心は宇宙の前にさらけ出された。求めすぎましたか？彼の内面を見てもらうために、本当に見てもらうために？彼が世界に見せた表面だけでなく、ありのままの彼が愛されるには？彼は知りませんでしたが、その願いが心の中で燃え上がり、暗闇の中に希望の光が灯りました。

彼がそこに座って物思いにふけっていると、聞き覚えのある音が静寂を突き破った——車のエンジン音、かすかだが大きくなった。駐車場に目を凝らし、彼の心臓は高鳴りました。もしかして？可能でしたか？

そして彼の期待通り、白い車がヘッドライトで夜を照らしながら角を曲がった。それがアンジェリカであることに気づき、彼の脈拍が速くなった。彼女は戻ってきました。彼女は何か忘れていましたか？彼女はきちんと別れを告げに来たのだろうか、空気を晴らすために、彼に何らかの決着を付けるために来たのだろうか？

アンジェリカさんの車が速度を落として停止すると、ノーバートさんは息をのんだ。アンジェリカさんが窓から転がり落ちていくと、エンジンの柔らかな音が静かになった。彼女の髪はゆるく、風になびいて、夜の薄明かりの中でも、さりげなく美しく見えた。ノーバートさんは立っていると心臓が高鳴り、彼女の車に向かって一歩を踏み出すと足がわずかに震えた。

アンジェリカはノーバートに笑顔を見せ、ノーバートが話す前に唇に手を当ててキスをした。その動作は優雅で遊び心たっぷりだった。キスは二人の間の空気の中に残っているようで、それはもっと何か、優しい何か、彼が完全には理解できなかったが必死に理解したいと願っていた何かの象徴でした。

そしてそのまま、彼女はまたいなくなってしまった。彼女の車は前方に転がり、速度を上げるにつれてエンジンの柔らかいゴロゴロ音が、彼女が走り去るノーバートの耳を満たした。今度は永久に。彼はその場に固まり、彼女のキスの余韻がまだ頬に温かく残っていた。着弾したと思われる場所に触れると、肌に染み込むような柔らかな温かさがあった。

しばらくの間、彼はそこに立って、遠くに消えていく彼女の車を見つめた。彼にはそれをどう解釈したらよいのかわかりませんでした。それが兆候なのか、一瞬のしぐさなのか、それとも単なる偶然なのか。しかしその瞬間、彼にできたのは、たとえ一瞬であっても見られたという感覚を味わうことだけだった。

彼は相反する考えが頭の中をざわめかせながらアパートに戻った。これはただの夢だったのでしょうか？彼は深読みしすぎたのでしょうか？それとも、アンジェリカも何らかの形で彼と同じつながりを感じていたのだろうか？ノーバートは知りませんでしたが、今夜は違うという感覚を払拭することができませんでした。今夜、何かが変わり、何かが変わった。

アパートに入ると、静かな期待感が彼の中に漂ってくるのを感じた。その夜は疑問と不確実性で満ちていたが、同時に可能性にも満ちていた。不確実な未来が少しだけ明るくなったように感じました。そして久しぶりに、ノーバートは希望を持つことを自分に許した。

もしかしたら、もしかしたら、宇宙は彼に有利な方向に向かっていたのかもしれない。おそらくアンジェリカは彼の本当の姿を知るだろう——彼がよく感じていたただの不器用な男ではなく、彼女の愛情に値する人物、単なる友人以上の存在として彼女の隣に立つことができる人物だ。

アパートで座って窓の外の星を眺めながら、彼は将来どうなるのか考えずにはいられませんでした。彼の願いは叶うのでしょうか？アンジェリカは、彼が彼女を見たように彼を見るだろうか？彼は知りませんでしたが、久しぶりに、星が自分のために何を用意しているのかを喜んで待ちました。

そして目を閉じると、唇の端に柔らかな笑みが浮かんだ。憧れの重みが少しだけ軽くなったように、なんだか心が軽くなった。たとえそれがほんの小さなものであったとしても、今夜は一歩前進した。そして彼にとってはそれだけで十分だった。

嵐の中の静けさ

ノーバートはリビングルームに入った。そこはいつも暖かさとエネルギーに満ちていると彼が知っていた場所だったが、今夜は違うように感じた。部屋のいつもの活気は消え去ったようで、代わりに壁を通して響く圧倒的な静けさが感じられました。夕方の薄明かりの中で、彼はソファに座っているアンジェリカを見つけた。彼女の姿勢は猫背で、肩は彼がこれまでに見たことのない方法で前に下がっていました。かつてはいつもいたずらっぽい輝きを放っていた、かつてはキラキラと生き生きとした青い目は、今では鈍く、携帯電話の画面の奥に埋もれてしまった。まるでいつも彼女を活気づけていた命がゆっくりと消え去っていくかのようだった。

彼女の弱さの光景は、彼がこれまで見たことがなかったものであり、ノーバートの心を深く打ちました。彼はアンジェリカのことを、何事にも自分の歩みを決して崩さない、自信に満ちた意志の強い女性として知っていました。しかし今、この瞬間、彼女はまるで嵐に巻き込まれた繊細な蝶のように壊れやすいように見えました。彼女の心にあったものは何であれ、その重みで彼女は目に見えて疲弊しており、彼女を慰めたいという、説明のつかない深い欲求が彼に押し寄せた。

ノーバートは深呼吸をし、撤退を促す内なる声を静めた。彼は今、これまで以上に彼女のために強くならなければならないことを知っていました。彼は目的を持ってソファに歩み寄り、彼女の隣に座った。それは小さな行為だったが、彼はこれまで以上に彼女に近づくことになった。二人の距離は縮まったように見えたが、空気には緊張感が漂っていた。

しばらくの間、二人とも言葉を発しなかった。アンジェリカは携帯電話を見つめ続け、本当の意味を持たないように見える何かを指でぼんやりとスクロールしていた。ノーバートは目の端に涙がかすかに光っているのが見えたが、それを拭おうとはしなかった。代わりに、それらは彼女の頬を滑り落ち、彼女が内に抱えていた痛みの暗黙の証拠でした。彼女のそんな姿を見ると彼は傷ついた。

「いつも助けてくれてありがとう」と彼女は声を震わせながら静かにつぶやき、また涙が顔を伝った。その言葉は柔らかく、まるでこれまで言っていなかったことを謝っているかのようだった。彼女は彼を見ませんでしたが、彼は彼女の声に彼女の感謝の重みを感じました。

「いつでもどうぞ」とノーバートはささやき声程度の声で優しく答えた。シンプルな答えでしたが、それが真実でした。彼は状況に関係なく、彼女のためなら何でもするだろう。

その後、二人は沈黙して座っていましたが、空間を満たす唯一の音は、バックグラウンドで流れるクラシック音楽の柔らかく憂いのある音だけでした。それは穏やかな音だったが、空気に漂う悲しみを強調するようにしか見えなかった。ノーバートは、アンジェリカの手が膝の上でわずかに震え、視線の焦点が定まっていないのを見つめた。彼はもっと何か言いたかった、彼女の悲しみの重みを和らげるために何か言いたかったが、適切な言葉が見つからなかった。誰かと同じ部屋にいるのに、二人の間には埋められ

ない大きな距離があるように感じる、不思議な感覚
でした。

最後に、アンジェリカは沈黙を破り、ささやき声をわ
ずかに上回る声で残りの涙をぬぐいました。「本当
に私が何をすべきだと思いますか？」彼女は尋ね
た。その口調は、いつもの自信に満ちた彼女とは全
く違って、不安に満ちていた。彼女の言葉には皮肉
や鋭さはなく、ただありのままの弱さがありました。
「もうできるかどうか分からない。すべてが崩れ去っ
てしまったような気分だ」

彼女の質問は、もろい糸のように空中に漂い、誰か
が引っ張ってくれるのを待っていました。ノーバート
はその重みが自分に押し寄せてくるのを感じた。こ
れはもはや慰めを提供したり、肩を寄せて泣いたり
することではありませんでした。これは彼女に明確さ
を与え、前進するために必要な指針を提供すること
でした。彼は答える前に咳払いをし、その声は安定
していながらも優しかった。

「この件についての私の率直な意見は、彼らの返金
要求を尊重することだ」と彼は穏やかだが毅然とした
口調で語った。「コミュニケーションの行き違いを謝
れば、彼らは理解してくれるでしょう。彼らはミスを恨
むようなタイプではありません。」彼は立ち止まり、彼
女に自分の言葉を理解する時間を与えた。「あなた
は常に完璧を求める人ですが、場合によっては、物
事が計画どおりに進まないことを認め、責任を取るこ
とが最善の行動です。それはプロセスの一部で
す。」

アンジェリカはしばらく沈黙し、まるでこのデバイスが
何らかの形で明晰さを与えてくれるかのように、目を

再び携帯電話に釘付けにした。彼女はゆっくりとうなずいたが、その動作は決断に悩んでいるかのように躊躇しているように見えた。「はい、その通りです。私はただ…成功したかったのです。これが最終的にうまくいく唯一のことであってほしかったのです。」彼女はフラストレーションの重みをすべて抱えているかのような重いため息を鋭く吐き出した。「このために一生懸命働いてきたのに、指から滑り落ちていくような気がします。」

ノーバートは彼女の目に苦痛、つまり疲労、自分を証明したいという絶え間ない願望が見えた。彼はその気持ちをよく理解していました。「そうですね。でも、新しい製品やアイデアを開発するプロセス全体には、忍耐と粘り強さが必要です」と彼は、まるで自分の誠実さを伝えるかのように、ほんの少し身をかがめて穏やかに説明しました。「急いでできることではありません。何よりもまず、明確な目標を設定し、ターゲット市場を探索することが重要です。これらにはすべて時間がかかります。数日ですべてがまとまると期待することはできません。これは長期的なものです」約束だよ、アンジェリカ」

彼女は小さく笑いましたが、ユーモアには欠けていました。「はい、欲しいものを欲しいときに手に入れることに慣れていることは認めます。衝動的だと言ってください。」その時、彼女は彼の方を向いたが、彼女の目はまだ感情で重かったが、何か別のものがちらちらと、自己認識のきらめきがあった。

ノーバートは彼女の入場にかすかに微笑んだ。「衝動的とは言えません。衝動的だと思います。しかし、意欲的な人は、すべての目標を自分の意志のスピードで達成できるわけではないことを忘れることがあります。」彼はソファにもたれかかり、視線を和らげた。　　　「これらの経験から学び、成長するためのスペースを自分に与えるために、ペースを落としても大丈夫です。」

アンジェリカはしばらくの間、沈黙して彼の言葉を考えた。彼女の表情には心の葛藤が表れているのが見えた。そして、彼女は静かな声で尋ねました、「私にもう一度チャンスがあると本当に思いますか？彼らは理解してくれるでしょう？」

ノーバートは安心するようにうなずいた。　「もちろんです。間違いは旅の一部です。そして二度目のチャンスの価値を理解している人がいるとすれば、それはあなたです。あなたは素晴らしいものを築いてきましたが、それは一夜にして消えることはありません。一度に一歩ずつ進んでください。」

アンジェリカは彼のアドバイスを理解しているかのように瞬きをした後、小さくうなずいて同意した。彼女の姿勢には安堵感があり、以前彼女を捉えていた緊張が和らぎました。涙はまだ残っていたが、圧倒されることは減り、息苦しさは軽減されたようだ。彼の言葉で彼女の肩の荷が下り始めたかのようだった。

静かな沈黙が続き、バックグラウンドの音楽と彼らの呼吸音だけが響き渡った。しかし、ノーバートはからかうような笑顔でこう付け加えずにはいられなかった。

アンジェリカは驚きに目を丸くし、ほんの一瞬だけ心配を忘れ、唇を丸めて半笑いにした。　「本当に、試してみますか？」彼女は信じられない様子で尋ねた。彼女は眉を上げて、明らかに彼の提案を面白がっていた。

ノーバートはにっこりと笑い、彼の目には遊び心のある輝きが戻った。「きっと、いつかはね」と彼は肩をすくめて言ったが、その不条理さに思わず静かに笑った。「しかし、思い切って行動する前に、もう少し証拠を見てみたいと思います。おそらくいくつかの証言でしょうか？」

アンジェリカは笑い、その音は軽く屈託なく、その夜初めてノーバートは二人の間の緊張が完全に緩んだのを感じた。その瞬間、ほんのわずかではあるが、会話の重みから束の間の休息を得るのに十分な、世界が変わったように感じた。

夜が更けるにつれて、ノーバートはアンジェリカの側に留まり、彼女に静かに付き添い、時折冗談を言って雰囲気を和らげた。目の前の課題を乗り越えるにはまだ長い道のりがありましたが、この瞬間には極めて重要だと感じられる何かがありました。まるですべてにもかかわらず、彼らは同僚や友人としてだけでなく、傷つきやすく正直な瞬間を一緒に共有した二人として、再びつながる方法を見つけたかのようでした。

やがて音楽がバックグラウンドで静かに流れ続け、二人は心地よい沈黙に落ち着いた。ノーバートはアンジェリカの将来がどうなるかは知りませんでしたが、一つだけ確かなことはわかっていました。それは彼女が一人ではないということです。もうない。

終わり